Hans von Wolzogen

Wagners Siegfried: von Hans von Wolzogen

Antigonos

Hans von Wolzogen

Wagners Siegfried: von Hans von Wolzogen

Unveränderter Nachdruck der Originalausgabe von 1879.

1. Auflage 2024 | ISBN: 978-3-38697-559-9

Antigonos Verlag ist ein Imprint der Outlook Verlagsgesellschaft mbH.

Verlag: Outlook Verlag GmbH, Zeilweg 44, 60439 Frankfurt, Deutschland
Vertretungsberechtigt: E. Roepke, Zeilweg 44, 60439 Frankfurt, Deutschland
Druck: Libri Plureos GmbH, Friedensallee 273, 22763 Hamburg, Deutschland

Wagners Siegfried.

Von

Hans von Wolzogen

in Bayreuth.

2.

Wagners „Siegfried“.

Von

Hans von Wolzogen.

as Publikum mehrer deutscher Städte hat jetzt das Glück, auf heimischer Bühne Wagners „Siegfried“ kennen lernen zu können. In der That ist dies insofern ganz besonders ein Glück zu nennen, als dieses Werk seiner künstlerischen Eigenart gemäß weniger denn irgend ein anderes Wagnersches Drama, mit Ausnahme etwa von „Tristan und Isolde“, in den conventionellen Rahmen einer gewöhnlichen Bühne und zwischen die Gewohnheiten eines solchen, der abwechselnden modernen Vergnügung gewidmeten Institutes hineinpaßt. Ermöglicht ein Theater dennoch die Wiedergebung dieses Werkes, wie gut es dies überhaupt vermag, so verschafft es damit seinem Publikum einen unschätzbaren Vorzug, um so mehr, als in unserem deutschen Vaterlande derartige, nur der reinsten und ernstesten Kunstdarstellung geweihte Sonderstätten, wie sie einem Werke von dem Charakter des „Siegfried“ allein den völlig entsprechenden, natürlichen Boden böten, nur erst in einem einzigen Falle, durch den genialen Gedanken und energischen Willen eines einzelnen Künstlers, sich konnten verwirklichen lassen: in Bayreuth. Dort erlebte denn auch

das eigenthümliche Auditorium der Bühnenfestspiele von 1876 das
Wunder, welches einige wenige, von der Eigenart des seltenen Kunstwerkes ganz persönlich Ergriffene ihm hatten vorher sagen können:
daß nämlich der bisher vom Standpunkte außerhalb Bayreuths nur
mit bedenklichen Zweifeln angestaunte „Siegfried“ entschieden vor den
übrigen, schneller und allgemeiner bewunderten Theilen des Gesammt-
dramas den höchsten Preis des Erfolges errang. Das war in Bayreuth, und es konnte dergestalt nur in Bayreuth sein; denn
hier einzig stand man dem rein menschlichen Kunstwerke frei von
allen Beschränkungen der Gewohnheit, der formalen Convention und
der außerkünstlerischen Alltagsansprüche eines modernen Theater-
publikums gegenüber, wie sich hier eben die Kunst auch nur ganz
frei und rein als solche uns darbot. Dieser größeste Erfolg des
Siegfried ist eben so sehr bezeichnend für den specifischen Werth des
Werkes, wie für die ideale Bedeutung der Schöpfung von Bayreuth
selbst.

Es ist nicht zu erwarten, daß auf anderen Bühnen gerade
dieser eigenthümliche Erfolg sich wiederholen werde.*) Ueberall hört
man dagegen von der besonderen Begeisterung, worein dieses oder
jenes großstädtische Publikum durch die „Walküre“, und neuerdings
in noch höherem Maße durch die „Götterdämmerung“ versetzt worden

---

*) Hiergegen scheint neuerdings der großartige Erfolg des „Siegfried“ in Wien
zu sprechen. In ernstlicher Berücksichtigung mannigfacher dabei hervorgetretener
Anzeichen müssen wir allerdings zugeben, daß hier eine Intensität der Wirkung
vorhanden sei, welche die Bedeutung der gewöhnlichen modernen Beifallsbezeigun-
gen, die dem „Siegfried“ in anderen deutschen Theatern zu Theil geworden sind,
wesentlich übertrifft. Dabei ist aber sowohl der specifisch musikalische Sinn
gerade des Wiener Publikums, als auch die dort ermöglichte vorzüglichste Darstellung
der Titelrolle streng in Wagners Sinne durch Jäger in Betracht zu ziehen, und
nach alledem schließlich doch auch die Behauptung aufrecht zu erhalten, daß es
selbst dort noch geraume Zeit währen dürfte, bis dieses instinctive Mitempfinden
eines, wie es scheint, größeren Theiles des Wiener Opernpublikums mit den Schönheiten des Werkes zu einem allgemeinen, vollbewußten und weiterbildend wirken-
den Verständnisse desselben geworden sein wird. Mehr oder weniger wirken alle
Wagnerschen Werke auf das Publikum erregend und fascinirend; aber über das
Warum dieser seltsamen Wirkung ist es sich selten klar, und hundert Störun-
gen und Mißverständnisse lassen sie in der That immer bis zu einem gewissen
Grade unklar und verworren bleiben, wenn zwar schon ihr bloßes Möglichsein in
unserer Zeit von besonders merkwürdiger Bedeutung erscheinen muß.

sei. Diese beiden Werke bieten nämlich der Operngewohnheit des großen Publikums gewisse, ihr rascheres Wirken auch in der gewöhnlichen Theatersphäre ermöglichende Anhaltpunkte. Man hüte sich aber hiernach anzunehmen, daß diese Punkte in den Werken, wie sie der Meister schuf, selber einen solchen Anhalt bedeuteten, welcher Charakter vielmehr einzig und allein durch eine ganz äußerliche Auffassung von Seiten eines, eben an das Aeußerliche des Kunstwesens im Operntheater gewöhnten Publikums ihnen beigelegt wird. Was in diesen Werken an die „Oper“ erinnert, ist in der That ein Ergebniß des Unverstehens ihrer, gänzlich opernfreien Form seitens jenes, mit den Vorstellungen und Ansprüchen von Opernbesuchern zunächst sich ihnen zuwendenden Publikums, welches auf diesem Umwege, d. h. auf dem Wege der Erfahrung, allmählich dann auch zum tieferen Verständnisse der ihm ursprünglich immer fremden, anstößigen, oder bestenfalls eben unter der Kategorie einer Gewohnheit mißverstandenen Eigenart eines genialen Künstlers und seines originalen Werkes gelangen mag.

Soviel ist wenigstens bereits wahrzunehmen, daß unser Theaterpublikum Wagners Werken gegenüber sich nicht mehr durch die — nur erst ganz unbegriffenen — Eigenthümlichkeiten der Musik, sondern vornehmlich durch die Wirkung des Dramas bestimmen läßt. Hierin bekundet es demnach eine richtige Empfindung von der wesentlichen Bedeutung dieses Dramas als solchen in dem Kunstwerke des Meisters, wovon es ehedem, noch durchaus in der Operngewohnheit alter Zeit befangen, keine Ahnung gehabt. Der musikalische Sinn dagegen, welcher sich in der Darstellung eines „Figaro“ lediglich an der melodischen Verklärung durch Mozarts Genius harmlos erfreuen konnte, ohne sich um die, für das deutsche Gemüth so fremdartigen Widerwärtigkeiten des Textes zu bekümmern, dieser an sich so unvergleichlich werthvolle, aber von dem dramatischen Kunstwerke als erhabenem Ganzen noch unberührte Sinn hat, wie es scheint, im Publikum abgenommen, während er sich bei den akademischen Keuschheitswärtern der Kunst als eine leblose Vogelscheuche gegen jedes wahrhaft lebendige Wiederaufblühen seiner selbst vertrocknet conservirt erhält. Er könnte nämlich in weit größerer Vertiefung und Verfeinerung auf dem Boden des dramatischen Verständnisses aufleben, zu welchem das Publikum jetzt mehr und mehr gelangen zu wollen scheint; und daß dies in der That geschehen werde, daß der musikalische Sinn sich von neuem, und nunmehr der Größe und dem Reichthum der künstlerischen Entwickelung der neuen dramatischen Musik entsprechend, allgemeiner ausbilden werde, das ist die schöne Hoffnung, die man auf die Erkenntniß des bereits im Wachsen begriffenen allgemeinen Verständnisses für das Drama, als für die künstlerische Basis dieser gewaltigen Musikform, wohl zu bauen wagen darf. Für heute aber ist zu bekennen, daß der Mangel an musikalischem Sinne sehr überraschend in der Weise hervortritt, wie das Publikum sich mit seinen Gewohnheiten dem großen Neuen des Wagnerschen musikalischen Dramas nähert.

Ein lebhafter musikalischer Sinn hätte z. B. der Musik des „Siegfried", und gerade dieser, gegenüber in seiner musikalischen Gewohnheit sich eigenthümlich angesprochen fühlen müssen durch die für das Werk charakteristische Folge einzeln hervortretender Gesänge, welche allerdings im dramatischen Kunstwerke ganz nur als die natürlichen Ergebnisse der Handlung und der sie bewegenden Affecte existiren, dem musikalisch gesonnenen größeren Opernpublikum aber doch eine gewisse angenehme Erinnerung an eine sonst schmerzlich vermißte lyrische Form hätten einigermaßen anregen sollen, wenn ihm aus seiner langen Befangenheit im conventionellen Formalismus noch eine Spur wirklichen künstlerischen Sinnes für die Form sich erhalten hätte. Man vergegenwärtige sich nur die Folge der Wechsel=gesänge zwischen Mime und Siegfried im ersten Aufzuge. Diese könnte man, auf dem Standpunkte eines solchen Publikums, vom Drama abstrahirend und nur die musikalische Form betrachtend, wohl als liedartig in sich abgeschlossene Ganzheiten auffassen und demgemäß etwa bezeichnen als: Mimes Schmiedelied: „Zwangvolle Plage", Siegfrieds Jagdlied: „Nach besserm Gesellen sucht' ich", Siegfrieds Zornlied: „Da hast du die Stücken", Mimes Ammen=lied: „Das ist nun der Liebe schlimmer Lohn", Siegfrieds Frage=gesang: „Vieles lehrtest du, Mime", Mimes Liebeslied: „Jammernd verlangen Junge", Siegfrieds Liebeslied: „Es sangen die Vöglein so selig im Lenz" mit dem herrlichen Nachgesange: „Wie die Jungen den Alten gleichen", Mimes Erzählung von Sieglindes Tode, Sieg=frieds Heischelied: „Auf, eile dich, Mime" mit dem Freiheitsliede: „Aus dem Wald fort in die Welt zieh'n! Soviel allein in der ersten

Scene. In dem Wettspiele der zweiten, zwischen Wotan und Mime, haben wir sechs selbständige Antwortgesänge. Dann folgt Mimes wunderbares, musikalisch ganz einziges Grusellied. In der dritten Scene stimmt er zunächst ein zweites an, wonach Siegfried in seinem innig zarten Sehnsuchtsgesange: „Sonderlich seltsam muß das sein", mit der wonnigen Schlußstelle: „Sehnend verlangt mich der Lust", ihm antwortet. Hierauf beginnt das Schmiedewerk, durch Mimes Sorgenlied: „Hier hilft kein Kluger" anfangs begleitet und sodann in Siegfrieds drei großen Schmiedeliedern, zum Schmelzen, Häm=mern und Vollenden des Schwertes, mit Mimes entsprechenden Zwischengesängen, seinen unvergleichlichen lyrischen Ausdruck gewin=nend. Jeden einzelnen dieser Gesangsabschnitte sollte man in rechter musikgenießender Ruhe beachten und sich innig an ihrer hohen musikalischen Schönheit entzücken, so auch z. B. die große drama=tische Schlußscene zwischen Siegfried und Brünnhilde einmal spe=cifisch gesanglich auf sich wirken lassen, — zwischen den gewaltigen Zwiegesängen am Anfange und Ende jene herrlichen Wechselgesänge: „O Siegfried, Siegfried, seliger Held", „Wie Wunder tönt, was wonnig du singst", „Ewig war ich, ewig bin ich", „Ein selig Ge=wässer wogt vor mir" u. s. f. — dann würde man es empfinden, wie viel man heute noch, selbst als schon überzeugter Freund der Wagnerschen Kunst, unter der überwältigenden Wirkung des Dra=mas, an dem vollen ästhetischen Genusse des Kunstwerks einbüßt, das mit Nichten in seiner dramatischen Bedeutung den künstlerischen Werth der Musik als solcher, gleichsam verächtlich, zu dem Werthe einer gewissen freien Declamation herabstimmt, sondern sie vielmehr, auf dem Grunde des Dramas, zu ganz neuen Höhen mächtig erhebt, wo gerade auch die formale Seite der Kunst, im vollsten melodi=schen Reichthume ihrer musikalischen Schönheiten und Feinheiten, dann doppelt glänzend und entzückend sich darstellt.

Bis zu einer solchen, selbst nur erst äußerlich mißverständlichen und doch dabei von der Wahrheit zart berührten Werthschätzung der Musik ist das große Opernpublikum Wagner gegenüber noch nicht gelangt, das vorerst seine in jeden Theaterabend mitgebrachten Gewohnheitsansprüche nicht etwa in jenen, derart als Einzelgesänge aufgefaßten Musikstellen, sondern vielmehr in den immer noch nach Art einer möglichst einfachen Opernhandlung betrachteten Grund=

zügen des Dramas befriedigt fühlt. Dieses große Opernpublikum
sieht auch in der Handlung der „Walküre" zunächst nur eine, im
ersten Acte besonders spannend und mit großem tragischen Pathos
sich entwickelnde Liebesgeschichte, und gewinnt alsdann ein neues
Interesse an der mitleidig dem unglücklichen Paare beistehenden
Jungfrau, deren Verurtheilung und Bestrafung demgemäß auch seine
lebhafte Theilnahme erregt. Wo die „Walküre" einzeln gegeben
wird, da muß sie aber freilich auch immer den für den vollen Genuß des Kunstwerkes störenden Eindruck einer Zweitheiligkeit
machen; auf die Wälsungentragödie des Anfanges folgt die Brünn-
hildentragödie des Schlusses, und inmitten, der unverstandenen
Wotantragödie gegenüber, schwankt das Interesse zwischen Beiden
unklar empfindend hin und her. Nur wo das Drama im wirklichen engen Zusammenhange mit den übrigen vorgeführt wird, da
kann und muß es in seiner großartigen Einheitlichkeit und daher in allen Theilen gleich tief wirksam erscheinen, vorausgesetzt,
daß im Publikum überhaupt das nöthige Verständniß für den großen
tragischen Mythos des Ganzen bereits ausgebildet ist. Daß aber
die Personen der „Walküre" mythische Gestalten, Götter und Helden der Sage sind, das mag ihnen in den Augen eines solchen,
zuerst dem Werke begegnenden Opernpublikums momentan einen
gewissen seltsamen Reiz verleihen; es stört demselben jedoch im Allgemeinen den freien Genuß an der einfachen „Handlung" und be-
nimmt ihm besonders dort das Verständniß für diese, wo die
mythischen Verhältnisse selbständig hervortreten, wo in die Menschentragödie die Göttertragödie eingreift, wie in den Wotanscenen des
zweiten Aufzugs. Gerade diese Scenen, wie überhaupt dieser zweite
Aufzug der „Walküre", ergreifen aber Denjenigen am Allertiefsten,
der eben nicht mehr nur das Operndrama, sondern wirklich das
große mythische Weltdrama darin erkennt. In der gewaltigen Stei-
gerung von der tief lebhaft bewegten Scene mit Fricka, durch die
bis zur höchsten Verzweiflung anschwellenden grandiosen Schauer
der weltvernichtenden Gottesklage und die herzzerreißende Flucht-
scene der Wälsungen, bis zu der erhabenen Todkündung mit ihrem,
das ganze Drama entscheidend wendenden, tragischen Ausgange und
dem ihn thatsächlich bezeichnenden, den Act furchtbar beschließenden
Zweikampfe, darin bereitet dieser Aufzug dem also das Drama ernst-

lich Verstehenden den Vollgenuß dessen, was die leichten Bewunde=
rer des ersten und dritten Aufzuges nur erst ahnend und theilweise
mißverstehend an der Handlung als solcher mit besonders prägnan=
tem Effect empfinden.

Zweifellos ist nämlich der Effect dieser Handlungen Wagner=
scher „Opern" ein ganz besonders prägnanter, auch für das noch
unverständigste Publikum. Der Reiz des Ungewohnten, der freilich,
soweit es der mythischen Sphäre angehört, rasch im Unverstehen
derselben wieder erlischt, hat eine bleibende Gewalt über die Ge=
müther der großen Masse der Zuschauer, sofern es in der ungewohn=
ten Tiefe der Tragik, in der überwältigenden Macht des tragischen
Pathos besteht. Das Tragische ist dem großen Publikum sicherlich
überall das Ungewohnte; aber gerade dieses Ungewohnte, welches
sich direct an den Willen, an die allgemein menschlichen Affecte
wendet, übt auch stets eine besonders fascinirende Wirkung auf die
Menge aus; es wird ihm aus einem Ungewohnten alsbald zu einem
Ungemeinen, welches die in jeder Menschenbrust lebendigen Willens=
gewalten aus dem schläfrig matten Alltagsprocesse ihres fast unge=
ahnten Daseins, ihrem innersten Sehnen entsprechend, augenblicklich
zu einer wohlthuend schauerlichen höheren Bewegung erregt und im
völligen Ausschwingen derselben wiederum gleichmäßig beruhigt. —
Niemals übt das von den ästhetischen Recensenten so belobpriesene
historische Element eines Dramas auf das große Publikum eine
solche Wirkung, sondern stets nur das wirklich Tragische, dieses
fremdartig erhaben Pathetische, welches doch so intim verwandt den
innersten Kern des Menschenwesens anspricht. Nicht Wallensteins
politisches Schicksal, wie dramatisch es sich in Schillers Kunstwerke
darstellt, sondern Maria Stuarts Unglück, mit seinem sentimental=
tragischen Pathos, ergreift dies Publikum zu innig erschütterndem
Mitgefühle. Auch Shakespeares wundervolle Königsdramen, selbst
mitsammt dem einzigen Falstaff, kommen der Wirkung niemals
gleich, welche die Tragik des Lear oder Hamlet auch auf das min=
dest gebildete Publikum hervorbringt. — Wohl können Possen
ihm gefallen, die den elenden Gassenwitz des Alltags reproduciren,
wie er heut zu Tage dem Volke erst wiederum aus den Witzblättern
einer undeutschen Journalistik importirt zu werden pflegt; aber die
wahre, freie Heiterkeit, der über den Affecten schwebende Hu=

mor, diese hellen, klaren Freuden der Intelligenz, auch sie
können die Menge niemals in gleicher Weise entzücken, wie die ge=
waltige Tragik, die ihm Freuden des Willens bereitet, — und
daher auch der „Siegfried“ nicht so, wie die „Walküre“, wie sehr
auch der Beifall, der ihm heute gespendet wird, überraschend für
Solche sein mag, die vor Kurzem noch auf die völlige Unmöglichkeit
einer Verbreitung der Nibelungendramen über die deutschen Bühnen
geschworen hatten.

Jene freie Heiterkeit der urkräftigen Natur, wie sie im „Sieg=
fried“ waltet, kann nur von der höchsten Kunst des Genius in
gleicher natürlicher Kraft reproducirt und auch nur auf der Höhe
einer großen originalen Cultur in gleicher Freiheit empfunden wer=
den. Ein Aristophanes und ein Shakespeare fanden noch um sich
eine solche Cultur vor, der sie die volle künstlerische Freiheit ihrer,
für unsere Zeit der „Freiheiten“ unmöglichen Komödien darbieten
durften; Wagner steht mit der echt menschlichen Heiterkeit und dem
echt deutschen Humor seines „Siegfried“ und seiner „Meistersinger“
ganz vereinzelt in unserer durchaus unheiteren Cultur, die schon
dadurch beweist, daß sie nicht auf jener glänzenden Höhe sich be=
findet, die sie sich so gerne anprahlen möchte, weil sie die Natur
in ihren Einzelheiten immer mehr in Wissenschaft auflöst, um dar=
über aber auch immer mehr zu vergessen, was die Natur ist. So
wird die große Menge des Opernpublikums ergriffen von den tragi=
schen Schicksalen der Wälsungen, obwohl sie ihr für gewöhnlich
nicht als eine dramatische Ganzheit, sondern als ein Stück ohne
rechten Anfang und rechtes Ende geboten werden können; und so
wird sie jetzt noch mehr ergriffen durch die tragische Größe und
dramatische Gewalt der „Götterdämmerung“, welche ihr, nach den
Vorspielen und Episoden der anderen Dramen, den eigentlichen
Haupt= und Zielpunkt des gesammten Mythos in einer gewisser=
maßen ganz in sich abgeschlossenen, eigenen grandiosen Tragödie
darstellt. Wie sehr aber auch dem „Siegfried“ von einem, durch
solche und ähnliche Erfahrungen der Wagnerschen Kunst bereits
näher geführten, großen Publikum für gewisse überraschende und
überwältigende Einzelheiten, sowie für die, bei guter Darstellung,
eindringlich hervortretende Größe des Charakters des Ganzen der
nun schon gewohnte rauschende Beifall gespendet werden mag: bis

zu dem wahren, vollen, freien Genusse der wirklich innig verstandenen Heiterkeit des „Siegfried" ist dieses Publikum damit noch nicht gelangt, weil sie die Heiterkeit einer Natur ist, die es nicht mehr kennt, die ihm im Grunde seines modern gebildeten Wesens fehlt.

Wenn die anderen Dramen in ihrer Menschentragödie Anhaltpunkte boten, die einem noch unverstehenden Publikum über die Schwierigkeiten des Mythos hinweghalfen, so müßte im „Siegfried" gerade erst die imposante Erhabenheit der mythischen Scenen jene Anhaltpunkte bieten, um aus dem Ergriffensein durch ihr übermenschliches Pathos allmählich zum intimeren Verständnisse auch des eigentlichen Siegfriedwesens zu gelangen, zum Verständnisse jenes Echtmenschlichen und Echtdeutschen in seiner herrlichen Heiterkeit, die im Werke des Künstlers aus der Eigenschaft der urwahrhaftigen Natur zu einem Genusse der höchsten Intelligenz geworden ist. Vielleicht ist Mancher, gleich mir, zunächst durch die überwältigende Großartigkeit jener rein mythischen Scene zwischen dem Wanderer und der Wala am Beginne des letzten Aufzuges zu einer dann immer wachsenden Begeisterung für die Alles überragenden Herrlichkeiten dieses einzigen „Siegfried" herangezogen worden. Immerhin bleibt dies ein merkwürdiger Umweg, insofern das uns näher Liegende, woran das Verständniß hier anknüpfen könnte, doch nicht so sehr das Mythische, als vielmehr das Märchenhafte des Stoffes wäre, welches mit dem urfrischen Wesen erster Jugenderinnerungen gerade ein wirklich deutsches Gemüth so wundervoll anheimeln muß. Bedeutet es doch selbst ebenso, wie es die gesunde Frühkost unseres nun so müde abgequälten Geistes gewesen, auch den starken Lebensborn, woraus der Geist unseres Volkes überhaupt den klaren Wandertrunk zu seinem weiten Wege durch die Weltgeschichte geschöpft hatte, an dessen jeweiligem Ziele, in der Cultur der modernen „Gebildetheit", angelangt, nun aber der letzte Tropfen, der ihm in das einst so lebens- und kraftvoll allem Großen und Schönen zuwallende Blut übergegangen, in diesem nun so matten und blassen Blute des jetztzeitigen Menschen ganz versiegt zu sein scheint. Wer in der Welt der deutschen Märchen nicht mehr mitempfindend zu leben weiß, wem aus Grimms Märchen nicht ein verwandterer Geist spricht als aus den Journalen der Gegenwart, wer darin nichts zu sehen vermag als abgethane Kinderspielerei, der

ist selbst ein wahrer Deutscher nicht mehr, der kann auch den „Sieg=
fried" in seiner herrlichen Eigenart nicht wahrhaft verstehen, so daß
man getrost sich verwagen darf zu behaupten: es ist ein Zeichen
für das noch vorhandene Deutsche in dem Geiste eines heutigen
Bürgers unseres Reiches, wenn er an dem Kunstwerke des „Sieg=
fried", selbst nur stofflich betrachtet, ein wirklich inniges, mensch=
liches Wohlgefallen, nicht etwa nur jenen blöden, diesem Werke in
Wahrheit weder geziemenden noch geltenden, applaudirenden Erstau=
nungskitzel des modernen Opernbesuchers, zu empfinden vermag.

Aber es ist eben nicht nur der märchenhafte Stoff, es ist
der ganze in der Gestalt des Helden selbst verkörperte Geist dieses
Werkes, was uns die ursprünglich reine Form des deutschen Wesens
wieder vor die verblendeten Augen rückt. Man betrachte die herr=
liche Urwahrhaftigkeit der Natur dieses Helden, wie sie sich gleich
kräftig offenbart in dem lebendigen Gefühle für das Große und Edle,
als in dem unwillkürlichen tiefen Widerwillen gegen das Falsche und
Schlechte, wenn es sich der naiven Empfindung unter der Form des
Häßlichen (Mime) verräth, nicht aber in der Gestalt des Mannhaft=
Heroischen (Hagen) das unbesorgte Vertrauen des reinen, kindlichen
Gemüthes täuscht, welches, in echt deutscher Wanderlust, unter das
wirre Treiben der Welt hinausgetreten, mit seiner unberathenen Ein=
falt rettungslos den falschen Schlingen ihrer Listen und Intriguen
verfällt. Man sehe seine trotzig feste Selbständigkeit allem Fremden
gegenüber, die ihres Weges geradehin geht, durch keinerlei äußeren
Einfluß beirrt, und ihre großen Thaten vollbringt, unbewußt ihrer
Größe und keines Gewinnes gedenkend, den Gewinn vielmehr, den
Ring, verachtend, nur der natürlichen Kraft froh, die in der That
sich bewährt und durch nichts sich fesseln läßt, nicht einmal durch
die Macht der Liebe zu dem, in der ganzen Erhabenheit seines
Wesens erkannten Weibe, sofern sie den Mann von dem Wege der
Thaten zurückhalten könnte, sondern einzig durch das Band der
Treue, der Treue durch Trug und Tod hindurch, der deutschesten
aller Tugenden, welche hier in keiner Weise angelernt, sondern durch=
aus innerlich angeboren, das „furchtlose", Leib und Leben nicht
achtende Heldenthum mit so wunderbarer Zartheit des Gemüthes ver=
bunden zeigt. Man belausche die herrliche Entfaltung dieses Sieg=
friedgemüthes, wo es sich in der Urtreue und Urliebe des deutschen

Menschen zu der mütterlichen Natur und ihren mitgeborenen wil=
den Kindern, den Thieren, äußert. Man denke an die Scenen
des Waldwebens und an die so verschiedenartig gezeichneten vertrau=
lichen Beziehungen Siegfrieds zu der Thierwelt, zum Bären, den
er zähmt und befreit, zum Wurme, den er erschlägt und betrauert,
zum Vogel, dem er lauscht und folgt, und zum Rosse, das ihm die
lebende und mitfühlende Gedenkgabe des geliebten Weibes ist; man
denke daran und vertiefe sich in die Wunder der Musik, welche
diesen innigen Beziehungen des Menschen zur Natur so unvergleich=
lich wahrhaftigen und in dieser Wahrhaftigkeit so einfachen, von
jeder Sentimentalität, jedem affectiven oder descriptiven Ueberflusse
freien, reinen und schlichten Ausdruck gibt — alles Andere über=
ragend in der ernsten Stimmung des Helden nach des Wurmes
Tode, nach dem tief erschütternden Sterbegesang des Riesenwesens,
in dessen geheimnißvoll tragischen Schauern eine ganze Art des
Lebenden, eine Urzeit des Weltdaseins, unterzugehen scheint vor dem
Morgenlichte der aufdämmernden neuen, höheren Periode wahren,
freien Menschenthums. Aus der Mischung der trotzigen Heldenkraft
mit der innigen Zartheit des Gemüthslebens ergibt sich dann eben
jene, uns Modernen so traurig verlorene, urwüchsig derbe Heiter=
keit deutschen Humors, der wohl am frischesten und fröhlichsten dort
hervorquillt, wo das lustvolle Bewußtsein der jugendlichen Helden=
kraft aus dem innigen Versenken in den mütterlichen Frieden der
Natur zum gewaltigen Ringen mit ihren ungethümlich feindlichen
Gebilden wieder erwacht, wie bei den kostbaren, kurzen Wechselreden
vor dem Wurmkampfe, dem höchsten Siegeszeichen der Heldenlieb=
linge unserer trauten, heimischen Märenwelt. Dies alles schaue und
fühle man und erkenne darin die einzig überzeugend wahre, leben=
dige Antwort auf die uns heute so bangsam sich aufdrängende und
uns in so trübselige Verwirrung setzende Frage: was denn nun
eigentlich deutsch sei? — Ja, dies ist deutsches Wesen; und
mehr noch: in diesem deutschen Wesen erkennen wir auch das
echte Wesen der Menschlichkeit wieder.

Es ist ein unseliger Irrthum, dieses lebensvolle Echt= und
Reinmenschliche mit dem abstracten Allgemeinmenschlichen in dem
Humanitäts= und Bildungsbewußtsein unserer modernen Welt zu
identificiren und in dem hier gemeinten Wesen nur etwa das All=

gemeinthierische der natürlichen Leidenschaften erblicken zu wollen, deren Verherrlichung man dem Dichter des „Siegfried" daher auch entrüstet vorzuwerfen pflegt. Nicht nach oben hat man hinauf zu steigen, auf die platte Oberfläche jener großen, wissenschaftlich arrangirten, über- und internationalen Bildungsgleichheit jetztzeitlicher Civilisation, um den „wahren Menschen" zu finden, sondern hinunter den natürlichen Weg durch das nationale Wesen bis auf dessen tiefen Quellpunkt, wo es noch in seiner Urkraft und Reinheit lebendig erscheint. Dort fühlt man sich unter den großen, starken, wahrhaftigen Naturen, wie sie jetzt nur in absoluter Vereinzelung als seltener Genius dem Volke, das sie nicht mehr kennt, wiedergeboren werden, um ihm sein menschliches Urbild wieder vorzuführen. Nicht auf der Höhe jener Bildungswelt und ihrer abstracten Institutionen erwächst das wirklich Große, Erhabene, in edelster Freiheit wiederum befreiend Wirkende, sondern aus der nationalen Wesenstiefe ursprünglich reiner Menschlichkeit, die auch allein den natürlichen Boden für eine durchaus lebendige und freie Entwickelung echt menschlicher Cultur und Sitte bieten kann. Wie diese Cultur sich aus solchem Boden entwickelt, das zeigt uns im Symbol des Dramas die Kunst des nationalen Genius. Was aber wir von Cultur und Sitte um uns sehen, dem fehlt die lebendige Wahrheit, das ist ein künstliches Gewebe aus historischer Überlieferung, aus Schein und Zwang. Wir selbst erkennen kaum noch darin das Falsche, Schlechte und Todte, aber wir fühlen uns doch darin unheimlich, unbefriedigt, erkältet, auch wenn wir noch so stolz darauf uns wähnen; denn wir erhoffen Alles noch von einem „ewigen Fortschritte", was doch allein, der herrlichsten Entwickelung fähig und gewärtig, in dem Herzen des reinen Menschenthums, wie es eine Siegfriedgestalt uns darstellt, als in seinem fruchtbaren Kerne beschlossen liegt. Nur ein solch ganzer, wahrer Mensch kann sich aus sich selbst über die Thierheit frei erheben; was uns heut davon trennt, ist eine künstliche, abstracte Scheidung, die wir in jedem Moment wieder gebrochen sehen müssen, wo dann uns das Abscheulichste und das Unmenschlichste entsetzt; während in dem Genius, der, dieser künstlichen Schranken frei, mit der Wahrhaftigkeit seiner Natur uns entzückt, das große und edle Echtmenschliche sich uns erhebend verkündet. Aber wie schwer werden wir modernen Menschen, in die

Schranken und Hüllen unseres Culturscheins gebannt, der klaren Erkenntniß solcher lebendigen Offenbarung fähig, wie lange müssen wir, wenn uns ein Ahnen jenes Wesens kaum berührt hat, uns noch mühen, den Hüllen uns zu entringen, die Schranken zu brechen, um voll und ganz in dem befreienden Anblicke des wahren Menschen zu schwelgen, der uns auch unserem Gotte zurückzuführen berufen ist.

Wenn ein Weg dahin leitet, die mannigfachen Entfremdungen zu überwinden, die uns von der wahren, lebendigen Erkenntniß eines „Siegfried“ trennen, so kann er allein durch das Kunstwerk selbst führen. Denn dies ist unser seltsames Schicksal als Publikum unserer größten Meister, daß eine ganze Cultur uns von dem ewigen Geiste ihrer Werke scheidet, aus welcher uns zu befreien doch wiederum keine andere Macht vorhanden ist, als eben die einzige des Kunstwerkes, das sich nun unser Verständniß erst auf dem Umwege durch unsere Gewohnheiten und Neigungen gewinnen muß. So kann man sich denken, daß ein modernes Publikum des „Siegfried“ den ganzen weiten Umweg einschlüge: durch die Bewunderung des imposanten Pathos des mythischen Mysteriums, durch das staunende Ergriffensein von der wilden dramatischen Gewalt der Nibelungenscenen im zweiten Aufzuge, durch die, wohl anfangs wiederum noch recht mißverständlich rohe Freude am Humor in der Gestalt eines Mime, allmählich auch zum künstlich vermittelten Genusse der Heiterkeit Siegfrieds vordringend — so vom Mythos durch das Märchen zum Menschen kommend, auf diesem Wege dann z. B. auch die, ihm erst gewiß so fremdartige und doch gleichsam naturnothwendige Einflechtung jener wundersamen Wettspielform im ersten Acte aus dem herrschenden Tone des Märchen= und Sagenstoffes begreifend, und derart überhaupt zum Begreifen der eigenthümlichen, mit nichts zu vergleichenden Form des Siegfried= dramas, dieser eigentlichen großen heitern „Episode“ in der Gesammt= tragödie, gelangend. Doch aber, diesem oder einem ähnlichen Umwege gegenüber, worauf immerhin wohl Mancher sich wird gewiesen finden, erfreut uns andererseits eine tröstende Erfahrung: der moderne Mensch hat eine sentimentale Lust an der Natur, aus einer Sehnsucht gleichsam nach Dem, was ihm selber gebricht, wenn auch daher freilich weit entfernt von jener naiven Naturlust, die ein

integrirender Theil des Wesens und Lebens des echten Menschen,
des Siegfriedmenschen, ist. In der Sentimentalität nun, welche
ihm die sinnende Stimmung des Helden unter des Waldwebens
Zauber doch unwillkürlich erregt, scheint der moderne Mensch auch
die zarte Naturtröstung, die dort für Siegfrieds Seele Stimme und
Leben gewinnt, einigermaßen mitempfinden zu können; und damit
öffnet sich ihm dann schon ein waldumrauschtes Thor in den wah=
ren Genuß des Kunstwerkes, ein Thor, welches die Musik aus
ihren Wundertönen ihm baut, die ja eben als jene lebendige Stimme
der Natur in dieser Kunstschöpfung Wagners unmittelbarer und
specifischer als in irgend einer anderen erschallt.

Wird die Musik nun auch die Führerin des modernen Geistes
in das verlorene Paradies einer echteren Menschlichkeit werden kön=
nen, die ihm zugleich wahren Ernst und wahre Heiterkeit wieder=
geben würde? Doch wohl nicht so rasch und direct möchte auch
dies sich erreichen lassen; wenn aber die gewaltigen dramatischen
Effecte der „Walküre“ und „Götterdämmerung“, wonach das große
Publikum jetzt noch einzig immer wieder zu verlangen pflegt, ihm den
Sinn auch für die Musik von Neuem herangereift haben werden, dann
kann auch die Zeit für den „Siegfried“ beginnen: dann, wenn man
gelernt haben wird, Wagners Kunstwerk wirklich als Musik zu
lieben, dann wird man auch an der Anhaltlosigkeit des Siegfried=
dramas für den Opernsinn des großen Publikums keinen Anstoß mehr
nehmen, sondern von dem innigen Genusse seiner Musik zur Erkennt=
niß der ihm eigenthümlichen dramatischen Form vordringen und so
auf umgekehrtem Wege, wie bei den anderen Dramen, auch zu
seinem intimen Verständnisse gelangen. Die großen Tragödien
der Wälsungen und der Nibelungen regten die in jeder Menschenbrust
vorhandenen Willensmächte an und konnten so auch einem heutigen
Publikum zu Freuden seines kunstgenießenden Intellectes werden.
Etwas anderes als diese Willensmächte, welche der Mensch mit aller
lebenden Welt, und also auch mit seinen modernsten Nachkommen,
gemein hat — etwas anderes als diese ist jenes reine Menschen=
wesen des Siegfried, dessen Drama uns im Gegentheil aus Freu=
den des Intellectes erst wieder zu der Jubelfeier des Willens in
der letzten großen Scene mit Brünnhilde, und so zur Tragödie der
„Götterdämmerung“, hinüber führt. Dieser reine Mensch ist nicht

als bloßes Substrat, als Träger der eigentlich unpersönlich mit
fortreißenden allgemein menschlichen Seelenbewegungen, sondern
durchaus als Gestalt und Persönlichkeit selbst, als Mensch in seiner
vollen, reinen, starken Eigenart, die eben die unsere nicht mehr ist,
ästhetisch zu genießen. Wir haben die Affecte noch, aber wir haben
die natürliche Form verloren, und durch eine künstliche ersetzt; der
Künstler aber durchbricht diese künstliche Form und gewinnt die
natürliche, nun aber als künstlerische, in intellectualer Verklärung
wieder, und indem er durch die Kunst der Musik auch den gewal=
tigst lebendigen Affecten selbst diese Form verleiht, so wird er da=
durch zum wahrhaftigen Befreier des Menschen, den er mit der
künstlerischen Wiedergeburt und Darstellung des höchsten Wunders
der Natur, des echten Wesens der Menschlichkeit, in erhabener Frei=
heit sich selbst zurück giebt.

Wenn die Musik unserm Publikum einen solchen Führerdienst
geleistet, dann würde es auch gerade im „Siegfried“ den Höhepunkt
des auf das Ideal eines musikalischen Dramas gerichteten Wagner=
schen Kunstschaffens erkennen müssen. Mit seinem „Lohengrin“ hatte
der Künstler, wie in einem letzten sehnsüchtigen Geisterfluge nach der
mitfühlenden Seele einer empfangenden Allgemeinheit, den Boden
der Opernbühne noch einmal scheidend berührt. Dann war er an
die Conception seines Nibelungendramas geschritten, welche als Be=
dingung ihres Lebens ‚in sich schon die Idee jener neuen, reinen und
freien Bühne trug, deren endliche Schaffung in der That vorher=
gegangen sein mußte, um die Verbreitung des ihnen so fremdartigen
Werkes über die, jetzt von seinen Erfolgen zehrenden, deutschen
Theater zu ermöglichen. Mit der Vollendung des „Rheingoldes“
stand das Princip des neuen Gesammtkunstwerkes in völlig ruhiger,
schlichter und heiterer Klarheit seiner großartigen Grundzüge als ein,
zwar noch schweigendes, Wunderwesen lebendig und frei in der frem=
den Welt. Die „Walküre“ erfüllte hierauf dieses lebendig gewordene
Ideal mit der vollen glühenden Macht der Leidenschaft und schuf
so vertiefend und bereichernd die erste wahrhaft freie musikalische
Tragödie. Nun aber die heitere Naturklarheit des „Rheingold“ und
die überwältigende Menschenleidenschaft der „Walküre“ in Eine voll=
endet in sich abgeschlossene Form zusammenfassend, führte der „Sieg=
fried“ das unvergleichlich große Streben eigentlich erst völlig zum

Ziele des künstlerischen Beruhigtseins aller zur Darstellung des Menschenwesens entfesselten Lebensgewalten in der erhabenen Freiheit der höchsten und reinsten Kunstform. Bis zu ihm hin ist immer noch ein gewisses wunderbar erstaunliches Aufsteigen der Meisterschaft zu noch gewaltigerer und reicherer Offenbarung ihres höchsten Vermögens zu bemerken: hier aber ist der mächtigste Drang nach der Vollendung der idealen That, zur völligen künstlerischen Freiheit abgelöst, in der ästhetisch reinsten Sphäre der Welt und Menschen-Darstellung ganz Stil geworden, wie er freilich auch nur erst von einem selbst künstlerisch ganz befreiten Intellecte völlig würdigend zu begreifen und zu bewundern ist.

Auf der Höhe des Mannesalters hat der Künstler den „Siegfried" geschaffen. Im Jahre 1856 begann er, der Dreiundvierzigjährige, die Composition; im folgenden Jahre unterbrach er dieselbe nach der Vollendung des zweiten Actes: sein großes Lebenswerk mochte ruhen — die Zeit seiner völligen Verwirklichung sollte und mußte kommen, aber jetzt noch war der Horizont seiner Hoffnungen in dunkle Nacht gehüllt. Aus dieser Nacht aber empor stieg „Tristan und Isolde", begonnen 1857, vollendet 1859; und ihnen folgten die „Meistersinger", als Dichtung — deren Skizze noch in die Zeit zwischen „Tannhäuser" und „Lohengrin" fällt und so die beiden Hauptperioden des Wagnerschen Kunstschaffens eigenthümlich verbindet — begonnen 1861, als Composition vollendet, nach der Münchener Zeit, 1867. Nun kehrte der Künstler, als der Schöpfer des „Tristan" und der „Meistersinger", zu jenem Werke zurück, womit er vor zehn Jahren, als der Schöpfer des „Rheingold" und der „Walküre", seine große Lebensaufgabe zur freiesten künstlerischen Höhe ihrer stilistischen Vollendung geführt hatte: im Jahre 1868, dem Jahre der unvergleichlichen ersten Meistersinger-Aufführung in München, ward von dem Fünfundfünfzigjährigen der dritte Act des „Siegfried" geschaffen. Die beiden mächtigen Wecklieder, welche dieser Aufzug enthält, sie fanden einen Widerhall auch in des Künstlers eigenem Leben: die Siegesstürme von 1870 erweckten ihm den Gedanken von Bayreuth, und unter dessen fruchtbarer Segensmacht vollendete er sein großes Gesammtwerk mit der Composition der „Götterdämmerung“. Aus dem Schoße also gleichsam des lange schlummernden Siegfriedwerkes, das nun hiermit seine tragische Krönung empfangen, sind jene so wunderbar verschiedenen Gestalten, die tragischeste und die komischeste Schöpfung des Künstlers, sind „Tristan“ und die „Meistersinger“ entstanden; und mehr noch: aus derselben Zeit stammt auch schon die erste Skizze zur Dichtung des „Parsifal“, der nun wiederum das gesammte Nibelungenwerk eigenartig zu krönen berufen dünkt.

So steht denn dieser „Siegfried“ in der That auf der Höhe des Lebens des wunderbar gewaltigen Mannes, in sich schließend und auf sich tragend und emporhebend die erhabensten Schöpfungen, womit der Genius des Künstlers sein Volk, als der Verkünder seines Wesens und seines Heiles, so unvergleichlich reich und herrlich beschenkt hat. Und wie verschieden auch diese Werke erscheinen mögen, es verknüpft sie doch alle miteinander ein merkwürdiges Band intimer Verwandtschaft. Da sind die drei strahlenden Typen der jugendlichen Echtmenschlichkeit: Siegfried — Walther — und der Knabe Parsifal; und es ist, als hätte sich das im Siegfried zur Einheit verbundene Wesen des Echtdeutschen und des Echtmenschlichen in den beiden anderen Gestalten geschieden und so in vereinzelter Bestimmtheit vollendet. Wenn aber die Heiterkeit des „Siegfried“ aus der erhabenen Sphäre höchster Menschheitskunst in die engeren Verhältnisse der deutschen Volkskomödie niederstieg und uns nun aus den „Meistersingern“ mit traulich heimathlichen Mienen entzückend anlacht, so kehrt uns dagegen die tiefe Tragik des „Tristan“ zu religiöser Erhabenheit verklärt und befreit im „Parsifal“ wieder; und so verbindet Parsifal wiederum das jugendlich heitere Wesen der naiven Menschennatur des Siegfried und des Walther mit der furchtbaren Tristan=Tragik des fluchschweren Lebenslooses dieser selben Menschennatur unter den trennenden Gesetzen der Erscheinungswelt, um uns nun aber den Weg, der einen Siegfried und einen Tristan, unbewußt und bewußt, in die Nacht des Todes führte, in ein höheres Leben, aus der Sünde zur Heiligkeit, vom Menschen zum

Gotte zu führen und so aus dem kräftigen Grunde der reinen Natur den im tragischen Erlebniß der Selbsterkennung tief fruchtbar durchwirkten Boden einer idealen, religiösen Cultur zu gewinnen. Die Leiden des Amfortas sind die Leiden des Tristan, das Urleiden des Menschenwesens, die nie sich schließende Wunde, welche der Natur des Menschen durch ihre, sie selbst in die Zweiheit der Geschlechter, wie in die Vielheit der Individuen spaltende Sinnlichkeit geschlagen ist. Der Liebesfluch, dem Siegfried und Tristan mit rein menschlicher und heidnischer Unerbittlichkeit erliegen müssen, er wird, gegenüber der heiteren Einzellösung durch die Kunst in der Meistersingerkomödie, in göttlich ewigen Liebessegen umgewandelt durch die religiöse Macht des christlichen Gedankens, wie er im „Parsifal" erscheint; und es war eine wundersam tiefe, wenn auch dramatisch unausführbare Idee Wagners, daß er einmal den irrend nach dem Grale suchenden Parsifal an das Sterbelager des Tristan wollte treten lassen, dem er ja auch, der in erhabener Entsagung Ueberwindende, wie dem im Todessehnen verzweifelnden Amfortas, mit dem in die Hand des Heiligen entsühnt zurückgelangten, wundenschlagenden Speere das Zeichen der einzigen Erlösung bringt. In Parsifal wird das Leiden der Menschheit durch Mitleiden zur wissenden Befreiungsthat; und wie nun so in ihm die Gestalt des „Heilandes" aus der Gestalt des „reinen Menschen" hervorgeht, so weist er uns auch den Entwickelungsweg von der wiedergewonnenen Natur der echten Menschlichkeit zur höchsten Blüthe ihrer Cultur im reinen Geiste des christlichen Religionsgedankens, so daß wir dem Künstler, der ihn geschaffen, zugleich mit der Offenbarung des Echtmenschlichen die des Echtdeutschen und des Echtchristlichen, des Edelsten und des Höchsten verdanken dürfen, woraus wir entsprossen und wozu wir berufen sind — und was wir Beides so schmählich vergessen und verloren haben.

Und auch hier öffnet sich schließlich noch ein Weg zum intimeren Verständnisse des „Siegfried". So verkehrt ist es mit uns bestellt, daß wir auch hier wiederum den natürlichen Entwickelungsweg nach rückwärts, von der Cultur zur Natur, einschlagen müssen,

und zwar nicht, weil wir die Cultur verstünden, sondern weil wir
sie mißverstehen, die Natur aber gar nicht verstehen, so daß wir
eben erst mittels der eigenthümlichen Anhaltpunkte unseres Miß=
verstehens allmählich etwa zu ihr zurück gelangen können. Auch der
„Parsifal“, dessen ideal=religiöse Erhabenheit ihn von jeder Darbie=
tung vor einem großen modernen Theaterpublikum fern halten sollte,
er bietet diesem Publikum wiederum solche Anhaltpunkte, wie sie
sich zu einer Brücke auch in das Verständniß des Siegfried, gleich=
sam als des Naturkernes im Parsifalwesen, zusammenfügen könnten.
Wenn nun hier die Form der Musik oder auch die Form der Sym=
bolik des Dramas zu jenen, in gewisser Weise mißverständlich be=
nutzten Anhalten gezählt werden mag, so legt uns aber vornehmlich
eine besondere Gestalt die Hoffnung auf Ermöglichung eines directeren
und sozusagen persönlicheren Verständnisses nahe, welche auch im
Drama selbst als die vertraute Mittelsperson zwischen der Idealität
der Gralesheiligkeit und der Realität der irdischen Streitwelt auf=
tritt. Gurnemanz, der alte Waffenmeister der Gralesritterschaft,
verbindet den Charakter des Echtdeutschen mit dem des Echtchrist=
lichen, wie der klösterlichen Frömmigkeit und der weltlichen Ritterlich=
keit, in einer ungemein vertraulich, wohl auch der größeren Menge
eines heutigen Publikums wirklich zu Herzen sprechenden populären
Form, deren eigenthümlich anheimelnder Geist auch in der heiteren
Welt der „Meistersinger“ waltet und wenigstens in der innig ver=
wandten Gestalt des Hans Sachs selbst das dem deutschen Wesen
entfremdete Publikum durch die verständliche Wirkung der liebens=
würdig traulichen und schlichtbürgerlich biederen Persönlichkeit erfreut;
während andererseits auch die rührende Treue des Kurwenal, welche
in der absolut affectiven Sphäre der Tristantragödie gleichsam selbst
wie ein, sein ganzes Wesen erfüllender, instinctiver Affect oder
Naturtrieb erscheint, in der Gestalt des Gurnemanz zu höherer gei=
stiger Veredelung, zum würdevollen Charakter des erkenntnißreichen,
treuen Lehrers und Leiters der Gralesjugend, erhoben sich darstellt.
Wie Gurnemanz den Parsifal zum Grale führt, so mag sein ver=
trauter Charakter auch unser größeres Publikum den Wundern des

ganzen Weihefestspiels und damit auch dem Charakter seines Helden
und endlich dem in ihm eingeschlossenen reinen Siegfriedwesen wohl
einigermaßen näher bringen. Und so darf uns denn das Bühnen=
festspiel von 1880 die Hoffnung wecken, daß ein durch dasselbe dem
Publikum zu wachsender Verbreitung eingesäetes Verständniß des „Par=
sifal" von Neuem befruchtend und tieferhin entwickelnd wirken könne
auf das Verständniß des „Siegfried", welches diesem einzigen Werke
gegenüber uns nicht genügend documentirt erscheinen darf durch die
rauschenden Beifallsäußerungen der unklaren Menge großstädtischer
Theaterbesucher bei der vorher genugsam vielbesprochenen, interessan=
ten ersten Operndarstellung desselben in dem mehrentheils so unsinnig
und geschmacklos zurechtgeputzten Gewande der modernen Theater=
vergnügungsweise, daran der „Siegfried" selbst, in der freien und
heiteren Naturschönheit seines hohen und reinen Kunststiles, wahrlich
den mindesten Antheil hat.